HÉSIODE ÉDITIONS

ÉMILE ZOLA

Naïs Micoulin

Hésiode éditions

© Hésiode éditions.

1 rue Honoré - 93500 Pantin.
ISBN 978-2-38512-084-9
Dépôt légal : Novembre 2022

Impression Books on Demand GmbH

In de Tarpen 42
22848 Norderstedt, Allemagne

Naïs Micoulin

I

À la saison des fruits, une petite fille, brune de peau, avec des cheveux noirs embroussaillés, se présentait chaque mois chez un avoué d'Aix, M. Rostand, tenant une énorme corbeille d'abricots ou de pêches, qu'elle avait peine à porter. Elle restait dans le large vestibule, et toute la famille, prévenue, descendait.

— Ah ! c'est toi, Naïs, disait l'avoué. Tu nous apportes la récolte. Allons, tu es une brave fille… Et le père Micoulin, comment va-t-il ?

— Bien, monsieur, répondait la petite en montrant ses dents blanches.

Alors, madame Rostand la faisait entrer à la cuisine, où elle la questionnait sur les oliviers, les amandiers, les vignes. La grande affaire était de savoir s'il avait plu à l'Estaque, le coin du littoral où les Rostand possédaient leur propriété, la Blancarde, que les Micoulin cultivaient. Il n'y avait là que quelques douzaines d'amandiers et d'oliviers, mais la question de la pluie n'en restait pas moins capitale, dans ce pays qui meurt de sécheresse.

— Il a tombé des gouttes, disait Naïs. Le raisin aurait besoin d'eau.

Puis, lorsqu'elle avait donné les nouvelles, elle mangeait un morceau de pain avec un reste de viande, et elle repartait pour l'Estaque, dans la carriole d'un boucher, qui venait à Aix tous les quinze jours. Souvent, elle apportait des coquillages, une langouste, un beau poisson, le père Micoulin péchant plus encore qu'il ne labourait. Quand elle arrivait pendant les vacances, Frédéric, le fils de l'avoué, descendait d'un bond dans la cuisine pour lui annoncer que la famille allait bientôt s'installer à la Blancarde, en lui recommandant de tenir prêts ses filets et ses lignes. Il la tutoyait, car il avait joué avec elle tout petit. Depuis l'âge de douze ans seulement, elle l'appelait « monsieur Frédéric », par respect. Chaque fois que le père Micoulin l'entendait dire « tu » au fils de ses maîtres, il la souffletait. Mais cela n'empêchait pas que les deux enfants fussent très bons amis.

– Et n'oublie pas de raccommoder les filets, répétait le collégien.

– N'ayez pas peur, monsieur Frédéric, répondait Naïs. Vous pouvez venir.

M. Rostand était fort riche. Il avait acheté à vil prix un hôtel superbe, rue du Collège. L'hôtel de Coiron, bâti dans les dernières années du dix-septième siècle, développait une façade de douze fenêtres, et contenait assez de pièces pour loger une communauté. Au milieu de ces appartements immenses, la famille composée de cinq personnes, en comptant les deux vieilles domestiques, semblait perdue. L'avoué occupait seulement le premier étage. Pendant dix ans, il avait affiché le rez-de-chaussée et le second, sans trouver de locataires. Alors, il s'était décidé à fermer les portes, à abandonner les deux tiers de l'hôtel aux araignées. L'hôtel, vide et sonore, avait des échos de cathédrale au moindre bruit qui se produisait dans le vestibule, un énorme vestibule avec une cage d'escalier monumentale, où l'on aurait aisément construit une maison moderne.

Au lendemain de son achat, M. Rostand avait coupé en deux par une cloison le grand salon d'honneur, un salon de douze mètres sur huit, que six fenêtres éclairaient. Puis, il avait installé là, dans un compartiment son cabinet, et dans l'autre le cabinet de ses clercs. Le premier étage comptait en outre quatre pièces, dont la plus petite mesurait près de sept mètres sur cinq. Madame Rostand, Frédéric, les deux vieilles bonnes, habitaient des chambres hautes comme des chapelles. L'avoué s'était résigné à faire aménager un ancien boudoir en cuisine, pour rendre le service plus commode ; auparavant, lorsqu'on se servait de la cuisine du rez-de-chaussée, les plats arrivaient complètement froids, après avoir traversé l'humidité glaciale du vestibule et de l'escalier. Et le pis était que cet appartement démesuré se trouvait meublé de la façon la plus sommaire. Dans le cabinet, un ancien meuble vert, en velours d'Utrecht, espaçait son canapé et ses huit fauteuils, style Empire, aux bois raides et tristes ; un petit guéridon de la même époque semblait un joujou, au milieu de l'immensité de la pièce ; sur la cheminée, il n'y avait qu'une affreuse pendule de marbre moderne, entre deux vases, tandis que le carrelage, passé au rouge et frotté, luisait d'un éclat dur. Les chambres à coucher étaient encore plus vides. On sentait là le tranquille dédain des familles du Midi, même les plus riches, pour le confort et le luxe, dans cette bienheureuse contrée du soleil où la vie se passe au-dehors. Les Rostand n'avaient certainement pas conscience de la mélancolie, du froid mortel qui désolaient ces grandes salles, dont la tristesse de ruines semblait accrue par la rareté et la pauvreté des meubles.

L'avoué était pourtant un homme fort adroit. Son père lui avait laissé une des meilleures études d'Aix, et il trouvait moyen d'augmenter sa clientèle par une activité rare dans ce pays de paresse. Petit, remuant, avec un fin visage de fouine, il s'occupait passionnément de son étude. Le soin de sa fortune le tenait d'ailleurs tout entier, il ne jetait même pas les yeux sur un journal, pendant les rares heures de flânerie qu'il tuait au cercle. Sa femme, au contraire, passait pour une des femmes intelligentes et distinguées de la ville. Elle était née de Villebonne, ce qui lui laissait une auréole de dignité, malgré sa mésalliance. Mais elle montrait un rigorisme si outré, elle pratiquait ses devoirs religieux avec tant d'obstination étroite, qu'elle avait comme séché dans l'existence méthodique qu'elle menait.

Quant à Frédéric, il grandissait entre ce père si affairé et cette mère si rigide. Pendant ses années de collège, il fut un cancre de la belle espèce, tremblant devant sa mère, mais ayant tant de répugnance pour le travail, que, dans le salon, le soir, il lui arrivait de rester des heures le nez sur ses livres, sans lire une ligne, l'esprit perdu, tandis que ses parents s'imaginaient, à le voir, qu'il étudiait ses leçons. Irrités de sa paresse, ils le mirent pensionnaire au collège ; et il ne travailla pas davantage, moins surveillé qu'à la maison, enchanté de ne plus sentir toujours peser sur lui des yeux sévères. Aussi, alarmés des allures émancipées qu'il prenait, finirent-ils par le retirer, afin de l'avoir de nouveau sous leur férule. Il termina sa seconde et sa rhétorique, gardé de si près, qu'il dut enfin travailler : sa mère examinait ses cahiers, le forçait à répéter ses leçons, se tenait derrière lui à toute heure, comme un gendarme. Grâce à cette surveillance, Frédéric ne fut refusé que deux fois aux examens du baccalauréat.

Aix possède une école de droit renommée, où le fils Rostand prit naturellement ses inscriptions. Dans cette ancienne ville parlementaire, il n'y a guère que des avocats, des notaires et des avoués, groupés là autour de la Cour. On y fait son droit quand même, quitte ensuite à planter tranquillement ses choux. Il continua d'ailleurs sa vie du collège, travaillant le moins possible, tâchant simplement de faire croire qu'il travaillait beaucoup. Madame Rostand, à son grand regret, avait dû lui accorder plus de liberté. Maintenant, il sortait quand il voulait, et n'était tenu qu'à se trouver là aux heures des repas ; le soir, il devait rentrer à neuf heures, excepté les jours où on lui permettait le théâtre. Alors, commença pour lui cette vie d'étudiant de province, si monotone, si pleine de vices, lorsqu'elle n'est pas entièrement donnée au travail.

Il faut connaître Aix, la tranquillité de ses rues où l'herbe pousse, le sommeil qui endort la ville entière, pour comprendre quelle existence vide y mènent les étudiants. Ceux qui travaillent ont la ressource de tuer les heures devant leurs livres. Mais ceux qui se refusent à suivre sérieusement les cours n'ont d'autres refuges, pour se désennuyer, que les cafés, où l'on joue, et certaines maisons, où l'on fait pis encore. Le jeune homme se trouva être un joueur passionné ; il passait au jeu la plupart de ses soirées, et les achevait ailleurs. Une sensualité de gamin échappé du collège le jetait dans les seules débauches que la ville pouvait offrir, une ville où manquaient les filles libres qui peuplent à Paris le quartier latin. Lorsque ses soirées ne lui suffirent plus, il s'arrangea pour avoir également ses nuits, en volant une clé de la maison. De cette manière, il passa heureusement ses années de droit.

Du reste, Frédéric avait compris qu'il devait se montrer un fils docile. Toute une hypocrisie d'enfant courbé par la peur lui était peu à peu venue. Sa mère, maintenant, se déclarait satisfaite : il la conduisait à la messe, gardait une allure correcte, lui contait tranquillement des mensonges énormes, qu'elle acceptait, devant son air de bonne foi. Et son habileté devint telle, que jamais il ne se laissa surprendre, trouvant toujours une excuse, inventant d'avance des histoires extraordinaires pour se préparer des arguments. Il payait ses dettes de jeu avec de l'argent emprunté à des cousins. Il tenait toute une comptabilité compliquée. Une fois, après un gain inespéré, il réalisa même ce rêve d'aller passer une semaine à Paris, en se faisant inviter par un ami, qui possédait une propriété près de la Durance.

Au demeurant, Frédéric était un beau jeune homme, grand et de figure régulière, avec une forte barbe noire. Ses vices le rendaient aimable, auprès des femmes surtout. On le citait pour ses bonnes manières. Les personnes qui connaissaient ses farces souriaient un peu ; mais, puisqu'il avait la décence de cacher cette moitié suspecte de sa vie, il fallait encore lui savoir gré de ne pas étaler ses débordements, comme certains étudiants grossiers, qui faisaient le scandale de la ville.

Frédéric allait avoir vingt et un ans. Il devait passer bientôt ses derniers examens. Son père, encore jeune et peu désireux de lui céder tout de suite son étude, parlait de le pousser dans la magistrature debout. Il avait à Paris des amis qu'il ferait agir, pour obtenir une nomination de substitut. Le jeune homme ne disait pas non ; jamais il ne combattait ses parents d'une façon ouverte ; mais il avait un mince sourire qui indiquait son intention arrêtée de continuer l'heureuse flânerie dont il se trouvait si bien. Il savait son père riche, il était fils unique, pourquoi aurait-il pris la moindre peine ? En attendant, il fumait des cigares sur le Cours, allait dans les bastidons voisins faire des parties fines, fréquentait journellement en cachette les maisons louches, ce qui ne l'empêchait pas d'être aux ordres de sa mère et de la combler de prévenances. Quand une noce plus débraillée que les autres lui avait brisé les membres et compromis l'estomac, il rentrait dans le grand hôtel glacial de la rue du Collège, où il se reposait avec délices. Le vide des pièces, le sévère ennui qui tombait des plafonds, lui semblaient avoir une fraîcheur calmante. Il s'y remettait, en faisant croire à sa mère qu'il restait là pour elle, jusqu'au jour où, la santé et l'appétit revenus, il machinait quelque nouvelle escapade. En somme, le meilleur garçon du monde, pourvu qu'on ne touchât point à ses plaisirs.

Naïs, cependant, venait chaque année chez les Rostand, avec ses fruits et ses poissons, et chaque année elle grandissait. Elle avait juste le même âge que Frédéric, trois mois de plus environ. Aussi, madame Rostand lui disait-elle chaque fois :

– Comme tu te fais grande fille, Naïs !

Et Naïs souriait, en montrant ses dents blanches. Le plus souvent, Frédéric n'était pas là. Mais, un jour, la dernière année de son droit, il sortait, lorsqu'il trouva Naïs debout dans le vestibule, avec sa corbeille. Il s'arrêta net d'étonnement. Il ne reconnaissait pas la longue fille mince et déhanchée qu'il avait vue, l'autre saison, à la Blancarde. Naïs était superbe, avec sa tête brune, sous le casque sombre de ses épais cheveux noirs ; et elle avait des épaules fortes, une taille ronde, des bras magnifiques dont elle montrait les poignets nus. En une année, elle venait de pousser comme un jeune arbre.

– C'est toi ! dit-il d'une voix balbutiante.

– Mais oui, monsieur Frédéric, répondit-elle en le regardant en face, de ses grands yeux où brûlait un feu sombre. J'apporte des oursins... Quand arrivez-vous ? Faut-il préparer les filets ?

Il la contemplait toujours, il murmura, sans paraître avoir entendu :

– Tu es bien belle, Naïs !... Qu'est-ce que tu as donc ?

Ce compliment la fit rire. Puis, comme il lui prenait les mains, ayant l'air de jouer, ainsi qu'ils jouaient ensemble autrefois, elle devint sérieuse, elle le tutoya brusquement, en lui disant tout bas, d'une voix un peu rauque :

– Non, non, pas ici... Prends garde ! voici ta mère.

II

Quinze jours plus tard, la famille Rostand partait pour la Blancarde. L'avoué devait attendre les vacances des tribunaux, et d'ailleurs le mois de septembre était d'un grand charme, au bord de la mer. Les chaleurs finissaient, les nuits avaient une fraîcheur délicieuse.

La Blancarde ne se trouvait pas dans L'Estaque même, un bourg situé à l'extrême banlieue de Marseille, au fond d'un cul-de-sac de rochers, qui ferme le golfe. Elle se dressait au-delà du village, sur une falaise ; de toute la baie, on apercevait sa façade jaune, au milieu d'un bouquet de grands pins. C'était une de ces bâtisses carrées, lourdes, percées de fenêtres irrégulières, qu'on appelle des châteaux en Provence. Devant la maison, une large terrasse s'étendait à pic sur une étroite plage de cailloux. Derrière, il y avait un vaste clos, des terres maigres où quelques vignes, des amandiers et des oliviers consentaient seuls à pousser. Mais un des inconvénients, un des dangers de la Blancarde était que la mer ébranlait continuellement la falaise ; des infiltrations, provenant de sources voisines, se produisaient dans cette masse amollie de terre glaise et de roches ; et il arrivait, à chaque saison, que des blocs énormes se détachaient pour tomber dans l'eau avec un bruit épouvantable. Peu à peu, la propriété s'échancrait. Des pins avaient déjà été engloutis.

Depuis quarante ans, les Micoulin étaient mégers à la Blancarde. Selon l'usage provençal, ils cultivaient le bien et partageaient les récoltes avec le propriétaire. Ces récoltes étant pauvres, ils seraient morts de famine, s'ils n'avaient pas pêché un peu de poisson l'été. Entre un labourage et un ensemencement, ils donnaient un coup de filet. La famille était composée du père Micoulin, un dur vieillard à la face noire et creusée, devant lequel toute la maison tremblait ; de la mère Micoulin, une grande femme abêtie par le travail de la terre au plein soleil ; d'un fils qui servait pour le moment sur l'Arrogante, et de Naïs que son père envoyait travailler dans une fabrique de tuiles, malgré toute la besogne qu'il y avait au logis. L'habitation du méger, une masure collée à l'un des flancs de la Blancarde, s'égayait rarement d'un rire ou d'une chanson. Micoulin gardait un silence de vieux sauvage, enfoncé dans les réflexions de son expérience. Les deux femmes éprouvaient pour lui ce respect terrifié que les filles et les épouses du Midi témoignent au chef de la famille. Et la paix n'était guère troublée que par les appels furieux de la mère, qui se mettait les poings sur les hanches pour enfler son gosier à le rompre, en jetant aux quatre points du ciel le nom de Naïs, dès que sa fille disparaissait. Naïs entendait d'un kilomètre et rentrait, toute pâle de colère contenue.

Elle n'était point heureuse, la belle Naïs, comme on la nommait à L'Estaque. Elle avait seize ans, que Micoulin, pour un oui, pour un non, la frappait au visage, si rudement, que le sang lui partait du nez ; et, maintenant encore, malgré ses vingt ans passés, elle gardait pendant des semaines les épaules bleues des sévérités du père. Celui-ci n'était pas méchant, il usait simplement avec rigueur de sa royauté, voulant être obéi, ayant dans le sang l'ancienne autorité latine, le droit de vie et de mort sur les siens. Un jour, Naïs, rouée de coups, ayant osé lever la main pour se défendre, il avait failli la tuer. La jeune fille, après ces corrections, restait frémissante. Elle s'asseyait par terre, dans un coin noir, et là, les yeux secs, dévorait l'affront. Une rancune sombre la tenait ainsi muette pendant des heures, à rouler des vengeances qu'elle ne pouvait exécuter. C'était le sang même de son père qui se révoltait en elle, un emportement aveugle, un besoin furieux d'être la plus forte. Quand elle voyait sa mère, tremblante et soumise, se faire toute petite devant Micoulin, elle la regardait pleine de mépris.

Elle disait souvent : « Si j'avais un mari comme ça, je le tuerais. » Naïs préférait encore les jours où elle était battue, car ces violences la secouaient. Les autres jours, elle menait une existence si étroite, si enfermée, qu'elle se mourait d'ennui. Son père lui défendait de descendre à L'Estaque, la tenait à la maison dans des occupations continuelles ; et, même lorsqu'elle n'avait rien à faire, il voulait qu'elle restât là, sous ses yeux. Aussi attendait-elle le mois de septembre avec impatience ; dès que les maîtres habitaient la Blancarde, la surveillance de Micoulin se relâchait forcément. Naïs, qui faisait des courses pour madame Rostand, se dédommageait de son emprisonnement de toute l'année.

Un matin, le père Micoulin avait réfléchi que cette grande fille pouvait lui rapporter trente sous par jour. Alors, il l'émancipa, il l'envoya travailler dans une tuilerie. Bien que le travail y fût très dur, Naïs était enchantée. Elle partait dès le matin, allait de l'autre côté de L'Estaque et restait jusqu'au soir au grand soleil, à retourner des tuiles pour les faire sécher. Ses mains s'usaient à cette corvée de manœuvre, mais elle ne sentait plus son père derrière son dos, elle riait librement avec des garçons. Ce fut là, dans ce labeur si rude, qu'elle se développa et devint une belle fille. Le soleil ardent lui dorait la peau, lui mettait au cou une large collerette d'ambre ; ses cheveux noirs poussaient, s'entassaient, comme pour la garantir de leurs mèches volantes ; son corps, continuellement penché et balancé dans le va-et-vient de sa besogne, prenait une vigueur souple de jeune guerrière. Lorsqu'elle se relevait, sur le terrain battu, au milieu de ces argiles rouges, elle ressemblait à une amazone antique, à quelque terre cuite puissante, tout à coup animée par la pluie de flammes qui tombait du ciel. Aussi Micoulin la couvait-il de ses petits yeux, en la voyant embellir. Elle riait trop, cela ne lui paraissait pas naturel qu'une fille fût si gaie. Et il se promettait d'étrangler les amoureux, s'il en découvrait jamais autour de ses jupes.

Des amoureux, Naïs en aurait eu des douzaines, mais elle les décourageait. Elle se moquait de tous les garçons. Son seul bon ami était un bossu, occupé à la même tuilerie qu'elle, un petit homme nommé Toine, que la Maison des enfants trouvés d'Aix avait envoyé à L'Estaque, et qui était resté là, adopté par le pays. Il riait d'un joli rire, ce bossu, avec son profil de polichinelle. Naïs le tolérait pour sa douceur. Elle faisait de lui ce qu'elle voulait, le rudoyait souvent, lorsqu'elle avait à se venger sur quelqu'un d'une violence de son père. Du reste, cela ne tirait pas à conséquence. Dans le pays, on riait de Toine. Micoulin avait dit : « Je lui permets le bossu, je la connais, elle est trop fière ! »

Cette année-là, quand madame Rostand fut installée à la Blancarde, elle demanda au méger de lui prêter Naïs, une de ses bonnes étant malade. Justement, la tuilerie chômait. D'ailleurs, Micoulin, si dur pour les siens, se montrait politique à l'égard des maîtres ; il n'aurait pas refusé sa fille, même si la demande l'eût contrarié. M. Rostand avait dû se rendre à Paris, pour des affaires graves, et Frédéric se trouvait à la campagne seul avec sa mère. Les premiers jours, d'habitude, le jeune homme était pris d'un grand besoin d'exercice, grisé par l'air, allant en compagnie de Micoulin jeter ou retirer les filets, faisant de longues promenades au fond des gorges qui viennent déboucher à L'Estaque. Puis, cette belle ardeur se calmait, il restait allongé des journées entières sous les pins, au bord de la terrasse, dormant à moitié, regardant la mer, dont le bleu monotone finissait par lui causer un ennui mortel. Au bout de quinze jours, généralement, le séjour de la Blancarde l'assommait.

Alors, il inventait chaque matin un prétexte pour filer à Marseille.

Le lendemain de l'arrivée des maîtres, Micoulin, au lever du soleil, appela Frédéric. Il s'agissait d'aller lever des jambins, de longs paniers à étroite ouverture de souricière, dans lesquels les poissons de fond se prennent. Mais le jeune homme fit la sourde oreille. La pêche ne paraissait pas le tenter. Quand il fut levé, il s'installa sous les pins, étendu sur le dos, les regards perdus au ciel. Sa mère fut toute surprise de ne pas le voir partir pour une de ces grandes courses dont il revenait affamé.

— Tu ne sors pas ? demanda-t-elle.

— Non, mère, répondit-il. Puisque papa n'est pas là, je reste avec vous.

Le méger, qui entendit cette réponse, murmura en patois :

— Allons, M. Frédéric ne va pas tarder à partir pour Marseille.

Frédéric, pourtant, n'alla pas à Marseille. La semaine s'écoula, il était toujours allongé, changeant simplement de place, quand le soleil le gagnait. Par contenance, il avait pris un livre ; seulement, il ne lisait guère ; le livre, le plus souvent, traînait parmi les aiguilles de pin, séchées sur la terre dure. Le jeune homme ne regardait même pas la mer ; la face tournée vers la maison, il semblait s'intéresser au service, guetter les bonnes qui allaient et venaient, traversant la terrasse à toute minute ; et quand c'était Naïs qui passait, de courtes flammes s'allumaient dans ses yeux de jeune maître sensuel. Alors, Naïs ralentissait le pas, s'éloignait avec le balancement rythmé de sa taille, sans jamais jeter un regard sur lui.

Pendant plusieurs jours, ce jeu dura. Devant sa mère, Frédéric traitait Naïs presque durement, en servante maladroite. La jeune fille grondée baissait les yeux, avec une sournoiserie heureuse, comme pour jouir de ces fâcheries.

Un matin, au déjeuner, Naïs cassa un saladier. Frédéric s'emporta.

– Est-elle sotte ! cria-t-il. Où a-t-elle la tête ?

Et il se leva furieux, en ajoutant que son pantalon était perdu. Une goutte d'huile l'avait taché au genou. Mais il en faisait une affaire.

– Quand tu me regarderas ! Donne-moi une serviette et de l'eau… Aide-moi.

Naïs trempa le coin d'une serviette dans une tasse, puis se mit à genoux devant Frédéric, pour frotter la tache.

– Laisse, répétait madame Rostand. C'est comme si tu ne faisais rien.

Mais la jeune fille ne lâchait point la jambe de son maître, qu'elle continuait à frotter de toute la force de ses beaux bras. Lui, grondait toujours des paroles sévères.

– Jamais on n'a vu une pareille maladresse… Elle l'aurait fait exprès que ce saladier ne serait pas venu se casser plus près de moi… Ah bien ! si elle nous servait à Aix, notre porcelaine serait vite en pièces !

Ces reproches étaient si peu proportionnés à la faute, que madame Rostand crut devoir calmer son fils, lorsque Naïs ne fut plus là.

– Qu'as-tu donc contre cette pauvre fille ? On dirait que tu ne peux la souffrir… Je te prie d'être plus doux pour elle. C'est une ancienne camarade de jeu, et elle n'a pas ici la situation d'une servante ordinaire.

– Eh ! elle m'ennuie ! répondit Frédéric, en affectant un air de brutalité.

Le soir même, à la nuit tombée, Naïs et Frédéric se rencontrèrent dans l'ombre, au bout de la terrasse. Ils ne s'étaient point encore parlé seul à seule. On ne pouvait les entendre de la maison. Les pins secouaient dans l'air mort une chaude senteur résineuse. Alors, elle, à voix basse, demanda, en retrouvant le tutoiement de leur enfance :

– Pourquoi m'as-tu grondée, Frédéric ?... Tu es bien méchant.

Sans répondre, il lui prit les mains, il l'attira contre sa poitrine, la baisa aux lèvres. Elle le laissa faire, et s'en alla ensuite, pendant qu'il s'asseyait sur le parapet, pour ne point paraître devant sa mère tout secoué d'émotion. Dix minutes plus tard, elle servait à table, avec son grand calme un peu fier.

Frédéric et Naïs ne se donnèrent pas de rendez-vous. Ce fut une nuit qu'ils se retrouvèrent sous un olivier, au bord de la falaise. Pendant le repas, leurs yeux s'étaient plusieurs fois rencontrés avec une fixité ardente. La nuit était très chaude, Frédéric fuma des cigarettes à sa fenêtre jusqu'à une heure, interrogeant l'ombre. Vers une heure, il aperçut une forme vague qui se glissait le long de la terrasse. Alors, il n'hésita plus. Il descendit sur le toit d'un hangar, d'où il sauta ensuite à terre, en s'aidant de longues perches, posées là, dans un angle ; de cette façon, il ne craignait pas de réveiller sa mère. Puis, quand il fut en bas, il marcha droit à un vieil olivier, certain que Naïs l'attendait.

– Tu es là ? demanda-t-il à demi-voix.

– Oui, répondit-elle simplement.

Et il s'assit près d'elle, dans le chaume ; il la prit à la taille, tandis qu'elle appuyait la tête sur son épaule. Un instant, ils restèrent sans parler. Le vieil olivier, au bois noueux, les couvrait de son toit de feuilles grises. En face, la mer s'étendait, noire, immobile sous les étoiles. Marseille, au fond du golfe, était caché par une brume ; à gauche, seul le phare tournant de Planier revenait toutes les minutes, trouant les ténèbres d'un rayon jaune, qui s'éteignait brusquement ; et rien n'était plus doux ni plus tendre que cette lumière, sans cesse perdue à l'horizon, et sans cesse retrouvée.

— Ton père est donc absent ? reprit Frédéric.

— J'ai sauté par la fenêtre, dit-elle de sa voix grave.

Ils ne parlèrent point de leur amour. Cet amour venait de loin, du fond de leur enfance. Maintenant, ils se rappelaient des jeux où le désir perçait déjà dans l'enfantillage. Cela leur semblait naturel, de glisser à des caresses. Ils n'auraient su que se dire, ils avaient l'unique besoin d'être l'un à l'autre. Lui, la trouvait belle, excitante avec son hâle et son odeur de terre, et elle, goûtait un orgueil de fille battue, à devenir la maîtresse du jeune maître. Elle s'abandonna. Le jour allait paraître, quand tous deux rentrèrent dans leurs chambres par le chemin qu'ils avaient pris pour en sortir.

III

Quel mois adorable ! Il ne plut pas un seul jour. Le ciel, toujours bleu, développait un satin que pas un nuage ne venait tacher. Le soleil se levait dans un cristal rose et se couchait dans une poussière d'or. Pourtant, il ne faisait point trop chaud, la brise de mer montait avec le soleil et s'en allait avec lui ; puis, les nuits avaient une fraîcheur délicieuse, tout embaumée des plantes aromatiques chauffées pendant le jour, fumant dans l'ombre.

Le pays est superbe. Des deux côtés du golfe, des bras de rochers s'avancent, tandis que les îles, au large, semblent barrer l'horizon ; et la mer n'est plus qu'un vaste bassin, un lac d'un bleu intense par les beaux temps. Au pied des montagnes, au fond, Marseille étage ses maisons sur des collines basses ; quand l'air est limpide, on aperçoit, de L'Estaque, la jetée grise de la Joliette, avec les fines mâtures des vaisseaux, dans le port ; puis, derrière, des façades se montrent au milieu de massifs d'arbres, la chapelle de Notre-Dame-de-la-Garde blanchit sur une hauteur, en plein ciel. Et la côte part de Marseille, s'arrondit, se creuse en larges échancrures avant d'arriver à L'Estaque, bordée d'usines qui lâchent, par moments, de hauts panaches de fumée. Lorsque le soleil tombe d'aplomb, la mer, presque noire, est comme endormie entre les deux promontoires de rochers, dont la blancheur se chauffe de jaune et de brun. Les pins tachent de vert sombre les terres rougeâtres. C'est un vaste tableau, un coin entrevu de l'Orient, s'enlevant dans la vibration aveuglante du jour.

Mais L'Estaque n'a pas seulement cette échappée sur la mer. Le village, adossé aux montagnes, est traversé par des routes qui vont se perdre au milieu d'un chaos de roches foudroyées. Le chemin de fer de Marseille à Lyon court parmi les grands blocs, traverse des ravins sur des ponts, s'enfonce brusquement sous le roc lui-même, et y reste pendant une lieue et demie, dans ce tunnel de la Nerthe, le plus long de France. Rien n'égale la majesté sauvage de ces gorges qui se creusent entre les collines, chemins étroits serpentant au fond d'un gouffre, flancs arides plantés de pins, dressant des murailles aux colorations de rouille et de sang. Parfois, les défilés s'élargissent, un champ maigre d'oliviers occupe le creux d'un vallon, une maison perdue montre sa façade peinte, aux volets fermés. Puis, ce sont encore des sentiers pleins de ronces, des fourrés impénétrables, des éboulements de cailloux, des torrents desséchés, toutes les surprises d'une marche dans un désert. En haut, au-dessus de la bordure noire des pins, le ciel met la bande continue de sa fine soie bleue.

Et il y a aussi l'étroit littoral entre les rochers et la mer, des terres rouges où les tuileries, la grande industrie de la contrée, ont creusé d'immenses trous, pour extraire l'argile. C'est un sol crevassé, bouleversé, à peine planté de quelques arbres chétifs, et dont une haleine d'ardente passion semble avoir séché les sources. Sur les chemins, on croirait marcher dans un lit de plâtre, on enfonce jusqu'aux chevilles ; et, aux moindres souffles de vent, de grandes poussières volantes poudrent les haies. Le long des murailles, qui jettent des réverbérations de four, de petits lézards gris dorment, tandis que, du brasier des herbes roussies, des nuées de sauterelles s'envolent, avec un crépitement d'étincelles. Dans l'air immobile et lourd, dans la somnolence de midi, il n'y a d'autre vie que le chant monotone des cigales.

Ce fut au travers de cette contrée de flammes que Naïs et Frédéric s'aimèrent pendant un mois. Il semblait que tout ce feu du ciel était passé dans leur sang. Les huit premiers jours, ils se contentèrent de se retrouver la nuit, sous le même olivier, au bord de la falaise. Ils y goûtaient des joies exquises. La nuit fraîche calmait leur fièvre, ils tendaient parfois leurs visages et leurs mains brûlantes aux haleines qui passaient, pour les rafraîchir comme dans une source froide. La mer, à leurs pieds, au bas des roches, avait une plainte voluptueuse et lente. Une odeur pénétrante d'herbes marines les grisait de désirs. Puis, aux bras l'un de l'autre, las d'une fatigue heureuse, ils regardaient, de l'autre côté des eaux, le flamboiement nocturne de Marseille, les feux rouges de l'entrée du port jetant dans la mer des reflets sanglants, les étincelles du gaz dessinant, à droite et à gauche, les courbes allongées des faubourgs ; au milieu, sur la ville, c'était un pétillement de lueurs vives, tandis que le jardin de la colline Bonaparte était nettement indiqué par deux rampes de clartés, qui tournaient au bord du ciel. Toutes ces lumières, au delà du golfe endormi, semblaient éclairer quelque ville du rêve, que l'aurore devait emporter. Et le ciel, élargi au-dessus du chaos noir de l'horizon, était pour eux un grand charme, un charme qui les inquiétait et les faisait se serrer davantage. Une pluie d'étoiles tombait. Les constellations, dans ces nuits claires de la Provence, avaient des flammes vivantes. Frémissant sous ces vastes espaces, ils baissaient la tête, ils ne s'intéressaient plus qu'à l'étoile solitaire du phare de Planier, dont la lueur dansante les attendrissait, pendant que leurs lèvres se cherchaient encore.

Mais, une nuit, ils trouvèrent une large lune à l'horizon, dont la face jaune les regardait. Dans la mer, une traînée de feu luisait, comme si un poisson gigantesque, quelque anguille des grands fonds, eût fait glisser les anneaux sans fin de ses écailles d'or ; et un demi-jour éteignait les clartés de Marseille, baignait les collines et les échancrures du golfe. À mesure que la lune montait, le jour grandissait, les ombres devenaient plus nettes. Dès lors, ce témoin les gêna. Ils eurent peur d'être surpris, en restant si près de la Blancarde. Au rendez-vous suivant, ils sortirent du clos par un coin de mur écroulé, ils promenèrent leurs amours dans tous les abris que le pays offrait. D'abord, ils se réfugièrent au fond d'une tuilerie abandonnée : le hangar miné y surmontait une cave, dans laquelle les deux bouches du four s'ouvraient encore. Mais ce trou les attristait, ils préféraient sentir sur leurs têtes le ciel libre. Ils coururent les carrières d'argile rouge, ils découvrirent des cachettes délicieuses, de véritables déserts de quelques mètres carrés, d'où ils entendaient seulement les aboiements des chiens qui gardaient les bastides. Ils allèrent plus loin, se perdirent en promenades le long de la côte rocheuse, du côté de Niolon, suivirent aussi les chemins étroits des gorges, cherchèrent les grottes, les crevasses lointaines. Ce fut, pendant quinze jours, des nuits pleines de jeux et de tendresses. La lune avait disparu, le ciel était redevenu noir ; mais, maintenant, il leur semblait que la Blancarde était trop petite pour les contenir, ils avaient le besoin de se posséder dans toute la largeur de la terre.

Une nuit, comme ils suivaient un chemin au-dessus de L'Estaque, pour gagner les gorges de la Nerthe, ils crurent entendre un pas étouffé qui les accompagnait, derrière un petit bois de pins, planté au bord de la route. Ils s'arrêtèrent, pris d'inquiétude.

– Entends-tu ? demanda Frédéric.

– Oui, quelque chien perdu, murmura Naïs.

Et ils continuèrent leur marche. Mais, au premier coude du chemin, comme le petit bois cessait, ils virent distinctement une masse noire se glisser derrière les rochers. C'était, à coup sûr, un être humain, bizarre et comme bossu. Naïs eut une légère exclamation.

– Attends-moi, dit-elle rapidement.

Elle s'élança à la poursuite de l'ombre. Bientôt, Frédéric entendit un chuchotement rapide. Puis elle revint, tranquille, un peu pâle.

– Qu'est-ce donc ? demanda-t-il.

– Rien, dit-elle.

Après un silence, elle reprit :

– Si tu entends marcher, n'aie pas peur. C'est Toine, tu sais ? Le bossu. Il veut veiller sur nous.

En effet, Frédéric sentait parfois dans l'ombre quelqu'un qui les suivait. Il y avait comme une protection autour d'eux. À plusieurs reprises, Naïs avait voulu chasser Toine ; mais le pauvre être ne demandait qu'à être son chien : on ne le verrait pas, on ne l'entendrait pas, pourquoi ne point lui permettre d'agir à sa guise ? Dès lors, si les amants eussent écouté, quand ils se baisaient à pleine bouche dans les tuileries en ruines, au milieu des carrières désertes, au fond des gorges perdues, ils auraient surpris derrière eux des bruits étouffés de sanglots. C'était Toine, leur chien de garde, qui pleurait dans ses poings tordus.

Et ils n'avaient pas que les nuits. Maintenant, ils s'enhardissaient, ils profitaient de toutes les occasions. Souvent, dans un corridor de la Blancarde, dans une pièce où ils se rencontraient, ils échangeaient un long baiser. Même à table, lorsqu'elle servait et qu'il demandait du pain ou une assiette, il trouvait le moyen de lui serrer les doigts. La rigide madame Rostand, qui ne voyait rien, accusait toujours son fils d'être trop sévère pour son ancienne camarade. Un jour, elle faillit les surprendre ; mais la jeune fille, ayant entendu le petit bruit de sa robe, se baissa vivement et se mit à essuyer avec son mouchoir les pieds du jeune maître, blancs de poussière.

Naïs et Frédéric goûtaient encore mille petites joies. Souvent, après le dîner, quand la soirée était fraîche, madame Rostand voulait faire une promenade. Elle prenait le bras de son fils, elle descendait à L'Estaque, en chargeant Naïs de porter son châle, par précaution. Tous trois allaient ainsi voir l'arrivée des pêcheurs de sardines. En mer, des lanternes dansaient, on distinguait bientôt les masses noires des barques, qui abordaient avec le sourd battement des rames. Les jours de grande pêche, des voix joyeuses s'élevaient, des femmes accouraient, chargées de paniers ; et les trois hommes qui montaient chaque barque se mettaient à dévider le filet, laissé en tas sous les bancs. C'était comme un large ruban sombre, tout pailleté de lames d'argent ; les sardines, pendues par les ouïes aux fils des mailles, s'agitaient encore, jetaient des reflets de métal ; puis, elles tombaient dans les paniers, ainsi qu'une pluie d'écus, à la lumière pâle des lanternes. Souvent, madame Rostand restait devant une barque, amusée par ce spectacle ; elle avait lâché le bras de son fils, elle causait avec les pêcheurs, tandis que Frédéric, près de Naïs, en dehors du rayon de la lanterne, lui serrait les poignets à les briser.

Cependant, le père Micoulin gardait son silence de bête expérimentée et têtue. Il allait en mer, revenait donner un coup de bêche, de sa même allure sournoise. Mais ses petits yeux gris avaient depuis quelque temps une inquiétude. Il jetait sur Naïs des regards obliques, sans rien dire. Elle lui semblait changée, il flairait en elle des choses qu'il ne s'expliquait pas. Un jour, elle osa lui tenir tête. Micoulin lui allongea un tel soufflet qu'il lui fendit la lèvre.

Le soir, quand Frédéric sentit sous un baiser la bouche de Naïs enflée, il l'interrogea vivement.

– Ce n'est rien, un soufflet que mon père m'a donné, dit-elle.

Sa voix s'était assombrie. Comme le jeune homme se fâchait et déclarait qu'il mettrait ordre à cela :

– Non, laisse, reprit-elle, c'est mon affaire... Oh ! ça finira !

Elle ne lui parlait jamais des gifles qu'elle recevait.

Seulement, les jours où son père l'avait battue, elle se pendait au cou de son amant avec plus d'ardeur, comme pour se venger du vieux.

Depuis trois semaines, Naïs sortait presque chaque nuit. D'abord elle avait pris de grandes précautions, puis une audace froide lui était venue, et elle osait tout. Quand elle comprit que son père se doutait de quelque chose, elle redevint prudente. Elle manqua deux rendez-vous. Sa mère lui avait dit que Micoulin ne dormait plus la nuit : il se levait, allait d'une pièce dans une autre. Mais, devant les regards suppliants de Frédéric, le troisième jour, Naïs oublia de nouveau toute prudence. Elle descendit vers onze heures, en se promettant de ne point rester plus d'une heure dehors ; et elle espérait que son père, dans le premier sommeil, ne l'entendrait pas.

Frédéric l'attendait sous les oliviers. Sans parler de ses craintes, elle refusa d'aller plus loin. Elle se sentait trop lasse, disait-elle, ce qui était vrai, car elle ne pouvait, comme lui, dormir pendant le jour. Ils se couchèrent à leur place habituelle, au-dessus de la mer, devant Marseille allumé. Le phare de Planier luisait. Naïs, en le regardant, s'endormit sur l'épaule de Frédéric. Celui-ci ne remua plus ; et peu à peu il céda lui-même à la fatigue, ses yeux se fermèrent. Tous deux, aux bras l'un de l'autre, mêlaient leurs haleines.

Aucun bruit, on n'entendait que la chanson aigre des sauterelles vertes. La mer dormait comme les amants. Alors, une forme noire sortit de l'ombre et s'approcha. C'était Micoulin, qui, réveillé par le craquement d'une fenêtre, n'avait pas trouvé Naïs dans sa chambre. Il était sorti, en emportant une petite hachette, à tout hasard. Quand il aperçut une tache sombre sous l'olivier, il serra le manche de la hachette. Mais les enfants ne bougeaient point, il put arriver jusqu'à eux, se baisser, les regarder au visage. Un léger cri lui échappa, il venait de reconnaître le jeune maître. Non, non, il ne pouvait le tuer ainsi : le sang répandu sur le sol, qui en garderait la trace, lui coûterait trop cher. Il se releva, deux plis de décision farouche coupaient sa face de vieux cuir, raidie de rage contenue. Un paysan n'assassine pas son maître ouvertement, car le maître, même enterré, est toujours le plus fort. Et le père Micoulin hocha la tête, s'en alla à pas de loup, en laissant les deux amoureux dormir.

Quand Naïs rentra, un peu avant le jour, très inquiète de sa longue absence, elle trouva sa fenêtre telle qu'elle l'avait laissée. Au déjeuner, Micoulin la regarda tranquillement manger son morceau de pain. Elle se rassura, son père ne devait rien savoir.

IV

– Monsieur Frédéric, vous ne venez donc plus en mer ? demanda un soir le père Micoulin.

Madame Rostand, assise sur la terrasse, à l'ombre des pins, brodait un mouchoir, tandis que son fils, couché près d'elle, s'amusait à jeter des petits cailloux.

– Ma foi, non ! répondit le jeune homme. Je deviens paresseux.

– Vous avez tort, reprit le méger. Hier, les jambins étaient pleins de poissons. On prend ce qu'on veut, en ce moment... Cela vous amuserait. Accompagnez-moi demain matin.

Il avait l'air si bonhomme, que Frédéric, qui songeait à Naïs et ne voulait pas le contrarier, finit par dire :

– Mon Dieu ! je veux bien... Seulement, il faudra me réveiller. Je vous préviens qu'à cinq heures je dors comme une souche.

Madame Rostand avait cessé de broder, légèrement inquiète.

– Et surtout soyez prudents, murmura-t-elle. Je tremble toujours, lorsque vous êtes en mer.

Le lendemain matin, Micoulin eut beau appeler M. Frédéric, la fenêtre du jeune homme resta fermée. Alors, il dit à sa fille, d'une voix dont elle ne remarqua pas l'ironie sauvage :

– Monte, toi... Il t'entendra peut-être.

Ce fut Naïs qui, ce matin-là, réveilla Frédéric.

Encore tout ensommeillé, il l'attirait dans la chaleur du lit ; mais elle lui rendit vivement son baiser et s'échappa. Dix minutes plus tard, le jeune homme parut, tout habillé de toile grise. Le père Micoulin l'attendait patiemment, assis sur le parapet de la terrasse.

– Il fait déjà frais, vous devriez prendre un foulard, dit-il.

Naïs remonta chercher un foulard. Puis, les deux hommes descendirent l'escalier, aux marches raides, qui conduisait à la mer, pendant que la jeune fille, debout, les suivait des yeux. En bas, le père Micoulin leva la tête, regarda Naïs ; et deux grands plis se creusaient aux coins de sa bouche.

Depuis cinq jours, le terrible vent du nord-ouest, le mistral, soufflait. La veille, il était tombé vers le soir. Mais, au lever du soleil, il avait repris, faiblement d'abord. La mer, à cette heure matinale, houleuse sous les haleines brusques qui la fouettaient, se moirait de bleu sombre ; et, éclairée de biais par les premiers rayons, elle roulait de petites flammes à la crête de chaque vague. Le ciel était presque blanc, d'une limpidité cristalline. Marseille, dans le fond, avait une netteté de détails qui permettait de compter les fenêtres sur les façades des maisons ; tandis que les rochers du golfe s'allumaient de teintes roses, d'une extrême délicatesse.

– Nous allons être secoués pour revenir, dit Frédéric.

– Peut-être, répondit simplement Micoulin.

Il ramait en silence, sans tourner la tête. Le jeune homme avait un instant regardé son dos rond, en pensant à Naïs ; il ne voyait du vieux que la nuque brûlée de hâle, et deux bouts d'oreilles rouges, où pendaient des anneaux d'or. Puis, il s'était penché, s'intéressant aux profondeurs marines qui fuyaient sous la barque. L'eau se troublait, seules de grandes herbes vagues flottaient comme des cheveux de noyé. Cela l'attrista, l'effraya même un peu.

– Dites donc, père Micoulin, reprit-il après un long silence, voilà le vent qui prend de la force. Soyez prudent... vous savez que je nage comme un cheval de plomb.

– Oui, oui, je sais, dit le vieux de sa voix sèche.

Et il ramait toujours, d'un mouvement mécanique. La barque commençait à danser, les petites flammes, aux crêtes des vagues, étaient devenues des flots d'écume qui volaient sous les coups de vent. Frédéric ne voulait pas montrer sa peur, mais il était médiocrement rassuré, il eût donné beaucoup pour se rapprocher de la terre. Il s'impatienta, il cria :

– Où diable avez-vous fourré vos jambins, aujourd'hui ?... Est-ce que nous allons à Alger ?

Mais le père Micoulin répondit de nouveau, sans se presser :

– Nous arrivons, nous arrivons.

Tout d'un coup, il lâcha les rames, il se dressa dans la barque, chercha du regard, sur la côte, les deux points de repère ; et il dut ramer cinq minutes encore, avant d'arriver au milieu des bouées de liège, qui marquaient la place des jambins. Là, au moment de retirer les paniers, il resta quelques secondes tourné vers la Blancarde. Frédéric, en suivant la direction de ses yeux, vit distinctement, sous les pins, une tache blanche. C'était Naïs, toujours accoudée à la terrasse, et dont on apercevait la robe claire.

– Combien avez-vous de jambins ? demanda Frédéric.

– Trente-cinq... Il ne faut pas flâner.

Il saisit la bouée la plus voisine, il tira le premier panier. La profondeur était énorme, la corde n'en finissait plus. Enfin, le panier parut, avec la grosse pierre qui le maintenait au fond ; et, dès qu'il fut hors de l'eau, trois poissons se mirent à sauter comme des oiseaux dans une cage. On aurait cru entendre un bruit d'ailes. Dans le second panier, il n'y avait rien. Mais, dans le troisième, se trouvait, par une rencontre assez rare, une petite langouste qui donnait de violents coups de queue. Dès lors, Frédéric se passionna, oubliant ses craintes, se penchant au bord de la barque, attendant les paniers avec un battement de cœur. Quand il entendait le bruit d'ailes, il éprouvait une émotion pareille à celle du chasseur qui vient d'abattre une pièce de gibier. Un à un, cependant, tous les paniers rentraient dans la barque ; l'eau ruisselait, bientôt les trente-cinq y furent. Il y avait au moins quinze livres de poisson, ce qui est une pêche superbe pour la baie de Marseille, que plusieurs causes, et surtout l'emploi de filets à mailles trop petites, dépeuplent depuis de longues années.

— Voilà qui est fini, dit Micoulin. Maintenant, nous pouvons retourner.

Il avait rangé ses paniers à l'arrière, soigneusement. Mais, quand Frédéric le vit préparer la voile, il s'inquiéta de nouveau, il dit qu'il serait plus sage de revenir à la rame, par un vent pareil. Le vieux haussa les épaules. Il savait ce qu'il faisait. Et, avant de hisser la voile, il jeta un dernier regard du côté de la Blancarde. Naïs était encore là, avec sa robe claire.

Alors, la catastrophe fut soudaine, comme un coup de foudre. Plus tard, lorsque Frédéric voulut s'expliquer les choses, il se souvint que, brusquement, un souffle s'était abattu dans la voile, puis que tout avait culbuté. Et il ne se rappelait rien autre, un grand froid seulement, avec une profonde angoisse. Il devait la vie à un miracle : il était tombé sur la voile, dont l'ampleur l'avait soutenu. Des pêcheurs, ayant vu l'accident, accoururent et le recueillirent, ainsi que le père Micoulin, qui nageait déjà vers la côte.

Madame Rostand dormait encore. On lui cacha le danger que son fils venait de courir. Au bas de la terrasse, Frédéric et le père Micoulin, ruisselants d'eau, trouvèrent Naïs qui avait suivi le drame.

— Coquin de sort ! criait le vieux. Nous avions ramassé les paniers, nous allions rentrer… C'est pas de chance.

Naïs, très pâle, regardait fixement son père.

– Oui, oui, murmura-t-elle, c'est pas de chance… Mais quand on vire contre le vent, on est sûr de son affaire.

Micoulin s'emporta.

– Fainéante, qu'est-ce que tu fiches ?… Tu vois bien que M. Frédéric grelotte… Allons, aide-le à rentrer.

Le jeune homme en fut quitte pour passer la journée dans son lit. Il parla d'une migraine à sa mère. Le lendemain, il trouva Naïs très sombre. Elle refusait les rendez-vous ; et, le rencontrant un soir dans le vestibule, elle le prit d'elle-même entre ses bras, elle le baisa avec passion. Jamais elle ne lui confia les soupçons qu'elle avait conçus. Seulement, à partir de ce jour, elle veilla sur lui. Puis, au bout d'une semaine, des doutes lui vinrent. Son père allait et venait comme d'habitude ; même il semblait plus doux, il la battait moins souvent.

À chaque saison, une des parties des Rostand était d'aller manger une bouillabaisse au bord de la mer, du côté de Niolon, dans un creux de rochers. Ensuite, comme il y avait des perdreaux dans les collines, les messieurs tiraient quelques coups de fusil. Cette année-là, madame Rostand voulut emmener Naïs, qui les servirait ; et elle n'écouta pas les observations du méger, dont une contrariété vive ridait la face de vieux sauvage.

On partit de bonne heure. La matinée était d'une douceur charmante. Unie comme une glace sous le blond soleil, la mer déroulait une nappe bleue ; aux endroits où passaient des courants, elle frisait, le bleu se fonçait d'une pointe de laque violette, tandis qu'aux endroits morts, le bleu pâlissait, prenait une transparence laiteuse ; et l'on eût dit, jusqu'à l'horizon limpide, une immense pièce de satin déployée, aux couleurs changeantes. Sur ce lac endormi, la barque glissait mollement.

L'étroite plage où l'on aborda se trouvait à l'entrée d'une gorge, et l'on s'installa au milieu des pierres, sur une bande de gazon brûlé, qui devait servir de table.

C'était toute une histoire que cette bouillabaisse en plein air. D'abord, Micoulin rentra dans la barque et alla seul retirer ses jambins, qu'il avait placés la veille. Quand il revint, Naïs avait arraché des thyms, des lavandes, un tas de buissons secs suffisant pour allumer un grand feu. Le vieux, ce jour-là, devait faire la bouillabaisse, la soupe au poisson classique, dont les pêcheurs du littoral se transmettent la recette de père en fils. C'était une bouillabaisse terrible, fortement poivrée, terriblement parfumée d'ail écrasé. Les Rostand s'amusaient beaucoup de la confection de cette soupe.

– Père Micoulin, dit madame Rostand qui daignait plaisanter en cette circonstance, allez-vous la réussir aussi bien que l'année dernière ?

Micoulin semblait très gai. Il nettoya d'abord le poisson dans de l'eau de mer, pendant que Naïs sortait de la barque une grande poêle. Ce fut vite bâclé : le poisson au fond de la poêle, simplement couvert d'eau, avec de l'oignon, de l'huile, de l'ail, une poignée de poivre, une tomate, un demi-verre d'huile ; puis, la poêle sur le feu, un feu formidable, à rôtir un mouton. Les pêcheurs disent que le mérite de la bouillabaisse est dans la cuisson : il faut que la poêle disparaisse au milieu des flammes. Cependant, le méger, très grave, coupait des tranches de pain dans un saladier. Au bout d'une demi-heure, il versa le bouillon sur les tranches et servit le poisson à part.

– Allons ! dit-il. Elle n'est bonne que brûlante.

Et la bouillabaisse fut mangée, au milieu des plaisanteries habituelles.

– Dites donc, Micoulin, vous avez mis de la poudre dedans ?

– Elle est bonne, mais il faut un gosier en fer.

Lui, dévorait tranquillement ; avalant une tranche à chaque bouchée. D'ailleurs, il témoignait, en se tenant un peu à l'écart, combien il était flatté de déjeuner avec les maîtres.

Après le déjeuner, on resta là, en attendant que la grosse chaleur fût passée. Les rochers, éclatants de lumière, éclaboussés de tons roux, étalaient des ombres noires. Des buissons de chênes verts les tachaient de marbrures sombres, tandis que, sur les pentes, des bois de pins montaient, réguliers, pareils à une armée de petits soldats en marche. Un lourd silence tombait avec l'air chaud.

Madame Rostand avait apporté l'éternel travail de broderie qu'on lui voyait toujours aux mains. Naïs, assise près d'elle, paraissait s'intéresser au va-et-vient de l'aiguille. Mais son regard guettait son père. Il faisait la sieste, allongé à quelques pas. Un peu plus loin, Frédéric dormait lui aussi, sous son chapeau de paille rabattu, qui lui protégeait le visage.

Vers quatre heures, ils s'éveillèrent. Micoulin jurait qu'il connaissait une compagnie de perdreaux, au fond de la gorge. Trois jours auparavant, il les avait encore vus. Alors, Frédéric se laissa tenter, tous deux prirent leur fusil.

– Je t'en prie, criait madame Rostand, sois prudent… Le pied peut glisser, et l'on se blesse soi-même.

– Ah ! ça arrive, dit tranquillement Micoulin.

Ils partirent, ils disparurent derrière les rochers. Naïs se leva brusquement et les suivit à distance, en murmurant :

– Je vais voir.

Au lieu de rester dans le sentier, au fond de la gorge, elle se jeta vers la gauche, parmi des buissons, pressant le pas, évitant de faire rouler les pierres. Enfin, au coude du chemin, elle aperçut Frédéric. Sans doute, il avait déjà fait lever les perdreaux, car il marchait rapidement, à demi courbé, prêt à épauler son fusil. Elle ne voyait toujours pas son père. Puis, tout d'un coup, elle le découvrit de l'autre côté du ravin, sur la pente où elle se trouvait elle-même : il était accroupi, il semblait attendre. À deux reprises, il leva son arme. Si les perdreaux s'étaient envolés entre lui et Frédéric, les chasseurs, en tirant, pouvaient s'atteindre. Naïs, qui se glissait de buisson en buisson, était venue se placer, anxieuse, derrière le vieux.

Les minutes s'écoulaient. En face, Frédéric avait disparu dans un pli de terrain. Il reparut, il resta un moment immobile. Alors, de nouveau, Micoulin, toujours accroupi, ajusta longuement le jeune homme. Mais, d'un coup de pied, Naïs avait haussé le canon, et la charge partit en l'air, avec une détonation terrible, qui roula dans les échos de la gorge.

Le vieux s'était relevé. En apercevant Naïs, il saisit par le canon son fusil fumant, comme pour l'assommer d'un coup de crosse. La jeune fille se tenait debout, toute blanche, avec des yeux qui jetaient des flammes. Il n'osa pas frapper, il bégaya seulement en patois, tremblant de rage :

– Va, va, je le tuerai.

Au coup de feu du méger, les perdreaux s'étaient envolés, Frédéric en avait abattu deux. Vers six heures, les Rostand rentrèrent à la Blancarde. Le père Micoulin ramait, de son air de brute têtue et tranquille.

V

Septembre s'acheva. Après un violent orage, l'air avait pris une grande fraîcheur. Les jours devenaient plus courts, et Naïs refusait de rejoindre Frédéric la nuit, en lui donnant pour prétexte qu'elle était trop lasse, qu'ils attraperaient du mal, sous les abondantes rosées qui trempaient la terre. Mais, comme elle venait chaque matin, vers six heures, et que madame Rostand ne se levait guère que trois heures plus tard, elle montait dans la chambre du jeune homme, elle restait quelques instants, l'oreille aux aguets, écoutant par la porte laissée ouverte.

Ce fut l'époque de leurs amours où Naïs témoigna le plus de tendresse à Frédéric. Elle le prenait par le cou, approchait son visage, le regardait de tout près, avec une passion qui lui emplissait les yeux de larmes. Il semblait toujours qu'elle ne devait pas le revoir. Puis, elle lui mettait vivement une pluie de baisers sur le visage, comme pour protester et jurer qu'elle saurait le défendre.

– Qu'a donc Naïs ? disait souvent madame Rostand. Elle change tous les jours.

Elle maigrissait en effet, ses joues devenaient creuses. La flamme de ses regards s'était assombrie. Elle avait de longs silences, dont elle sortait en sursaut, de l'air inquiet d'une fille qui vient de dormir et de rêver.

– Mon enfant, si tu es malade, il faut te soigner, répétait sa maîtresse.

Mais Naïs, alors, souriait.

– Oh ! non, Madame, je me porte bien, je suis heureuse… Jamais je n'ai été si heureuse.

Un matin, comme elle l'aidait à compter le linge, elle s'enhardit, elle osa la questionner.

– Vous resterez donc tard à la Blancarde, cette année ?

– Jusqu'à la fin d'octobre, répondit madame Rostand.

Et Naïs demeura debout un instant, les yeux perdus ; puis, elle dit tout haut, sans en avoir conscience :

– Encore vingt jours.

Un continuel combat l'agitait. Elle aurait voulu garder Frédéric auprès d'elle, et en même temps, à chaque heure, elle était tentée de lui crier : Va-t'en ! Pour elle, il était perdu ; jamais cette saison d'amour ne recommencerait, elle se l'était dit dès le premier rendez-vous. Même, un soir de sombre tristesse, elle se demanda si elle ne devait pas laisser tuer Frédéric par son père, pour qu'il n'allât pas avec d'autres ; mais la pensée de le savoir mort, lui si délicat, si blanc, plus demoiselle qu'elle, lui était insupportable ; et sa mauvaise pensée lui fit horreur. Non, elle le sauverait, il n'en saurait jamais rien, il ne l'aimerait bientôt plus ; seulement, elle serait heureuse de penser qu'il vivait. Souvent, elle lui disait, le matin :

– Ne sors pas, ne va pas en mer, l'air est mauvais.

D'autres fois, elle lui conseillait de partir.

– Tu dois t'ennuyer, tu ne m'aimeras plus… va donc passer quelques jours à la ville.

Lui, s'étonnait de ces changements d'humeur. Il trouvait la paysanne moins belle, depuis que son visage se séchait, et une satiété de ces amours violentes commençait à lui venir. Il regrettait l'eau de Cologne et la poudre de riz des filles d'Aix et de Marseille.

Toujours, bourdonnaient aux oreilles de Naïs les mots du père : « Je le tuerai… Je le tuerai… » La nuit, elle s'éveillait en rêvant qu'on tirait des coups de feu. Elle devenait peureuse, poussait un cri, pour une pierre qui roulait sous ses pieds. À toute heure, quand elle ne le voyait plus, elle s'inquiétait de « monsieur Frédéric ». Et, ce qui l'épouvantait, c'était qu'elle entendait, du matin au soir, le silence entêté de Micoulin répéter : « Je le tuerai. » Il n'avait plus fait une allusion, pas un mot, pas un geste ; mais, pour elle, les regards du vieux, chacun de ses mouvements, sa personne entière disait qu'il tuerait le jeune maître à la première occasion, quand il ne craindrait pas d'être inquiété par la justice. Après, il s'occuperait de Naïs. En attendant, il la traitait à coups de pied, comme un animal qui a fait une faute.

– Et ton père, il est toujours brutal ? lui demanda un matin Frédéric, qui fumait des cigarettes dans son lit, pendant qu'elle allait et venait, mettant un peu d'ordre.

– Oui, répondit-elle, il devient fou.

Et elle montra ses jambes noires de meurtrissures. Puis, elle murmura ces mots qu'elle disait souvent d'une voix sourde :

– Ça finira, ça finira.

Dans les premiers jours d'octobre, elle parut encore plus sombre. Elle avait des absences, remuait les lèvres, comme si elle se fût parlé tout bas. Frédéric l'aperçut plusieurs fois debout sur la falaise, ayant l'air d'examiner les arbres autour d'elle, mesurant d'un regard la profondeur du gouffre. À quelques jours de là, il la surprit avec Toine, le bossu, en train de cueillir des figues, dans un coin de la propriété. Toine venait aider Micoulin, quand il y avait trop de besogne. Il était sous le figuier, et Naïs, montée sur une grosse branche, plaisantait ; elle lui criait d'ouvrir la bouche, elle lui jetait des figues, qui s'écrasaient sur sa figure. Le pauvre être ouvrait la bouche, fermait les yeux avec extase ; et sa large face exprimait une béatitude sans bornes. Certes, Frédéric n'était pas jaloux, mais il ne put s'empêcher de la plaisanter.

– Toine se couperait la main pour nous, dit-elle de sa voix brève. Il ne faut pas le maltraiter, on peut avoir besoin de lui.

Le bossu continua de venir tous les jours à la Blancarde. Il travaillait sur la falaise, à creuser un étroit canal pour mener les eaux au bout du jardin, dans un potager qu'on tentait d'établir. Parfois, Naïs allait le voir, et ils causaient vivement tous les deux. Il fit tellement traîner cette besogne, que le père Micoulin finit par le traiter de fainéant et par lui allonger des coups de pied dans les jambes, comme à sa fille.

Il y eut deux jours de pluie. Frédéric, qui devait retourner à Aix la semaine suivante, avait décidé qu'avant son départ il irait donner en mer un coup de filet avec Micoulin. Devant la pâleur de Naïs, il s'était mis à rire, en disant que cette fois il ne choisirait pas un jour de mistral. Alors, la jeune fille, puisqu'il partait bientôt, voulut lui accorder encore un rendez-vous. La nuit, vers une heure, ils se retrouvèrent sur la terrasse. La pluie avait lavé le sol, une odeur forte sortait des verdures rafraîchies. Lorsque cette campagne si desséchée se mouille profondément, elle prend une violence de couleurs et de parfums : les terres rouges saignent, les pins ont des reflets d'émeraude, les rochers laissent éclater des blancheurs de linges fraîchement lessivés. Mais, dans la nuit, les amants ne goûtaient que les senteurs décuplées des thyms et des lavandes.

L'habitude les mena sous les oliviers. Frédéric s'avançait vers celui qui avait abrité leurs amours, tout au bord du gouffre, lorsque Naïs, comme revenant à elle, le saisit par les bras, l'entraîna loin du bord, en disant d'une voix tremblante :

– Non, non, pas là !

– Qu'as-tu donc ? demanda-t-il.

Elle balbutiait, elle finit par dire qu'après une pluie comme celle de la veille, la falaise n'était pas sûre. Et elle ajouta :

– L'hiver dernier, un éboulement s'est produit ici près.

Ils s'assirent plus en arrière, sous un autre olivier. Ce fut leur dernière nuit de tendresse. Naïs avait des étreintes inquiètes. Elle pleura tout d'un coup, sans vouloir avouer pourquoi elle était ainsi secouée. Puis, elle tombait dans des silences pleins de froideur. Et, comme Frédéric la plaisantait sur l'ennui qu'elle éprouvait maintenant avec lui, elle le reprenait follement, elle murmurait :

– Non, ne dis pas ça. Je t'aime trop… Mais, vois-tu, je suis malade. Et puis, c'est fini, tu vas partir… Ah ! mon Dieu, c'est fini…

Il eut beau chercher à la consoler, en lui répétant qu'il reviendrait de temps à autre, et qu'au prochain automne, ils auraient encore deux mois devant eux : elle hochait la tête, elle sentait bien que c'était fini. Leur rendez-vous s'acheva dans un silence embarrassé ; ils regardaient la mer, Marseille qui étincelait, le phare de Planier qui brûlait solitaire et triste ; peu à peu, une mélancolie leur venait de ce vaste horizon. Vers trois heures, lorsqu'il la quitta et qu'il la baisa aux lèvres, il la sentit toute grelottante, glacée entre ses bras.

Frédéric ne put dormir. Il lut jusqu'au jour ; et, enfiévré d'insomnie, il se mit à la fenêtre, dès que l'aube parut. Justement, Micoulin allait partir pour retirer ses jambins. Comme il passait sur la terrasse, il leva la tête.

– Eh bien ! monsieur Frédéric, ce n'est pas ce matin que vous venez avec moi ? demanda-t-il.

– Ah ! non, père Micoulin, répondit le jeune homme, j'ai trop mal dormi… Demain, c'est convenu.

Le méger s'éloigna d'un pas traînard. Il lui fallait descendre et aller chercher sa barque au pied de la falaise, juste sous l'olivier où il avait surpris sa fille. Quand il eut disparu, Frédéric, en tournant les yeux, fut étonné de voir Toine déjà au travail ; le bossu se trouvait près de l'olivier, une pioche à la main, réparant l'étroit canal que les pluies avaient crevé. L'air était frais, il faisait bon à la fenêtre. Le jeune homme rentra dans sa chambre pour rouler une cigarette. Mais, comme il revenait lentement s'accouder, un bruit épouvantable, un grondement de tonnerre, se fit entendre ; et il se précipita.

C'était un éboulement. Il distingua seulement Toine qui se sauvait en agitant sa bêche, dans un nuage de terre rouge. Au bord du gouffre, le vieil olivier aux branches tordues s'enfonçait, tombait tragiquement à la mer. Un rejaillissement d'écume montait. Cependant, un cri terrible avait traversé l'espace. Et Frédéric aperçut alors Naïs, qui, sur ses bras raidis, emportée par un élan de tout son corps, se penchait au-dessus du parapet de la terrasse, pour voir ce qui se passait au bas de la falaise. Elle restait là, immobile, allongée, les poignets comme scellés dans la pierre. Mais elle eut sans doute la sensation que quelqu'un la regardait, car elle se tourna, elle cria en voyant Frédéric :

– Mon père ! Mon père !

Une heure après, on trouva, sous les pierres, le corps de Micoulin mutilé horriblement. Toine, fiévreux, racontait qu'il avait failli être entraîné ; et tout le pays déclarait qu'on n'aurait pas dû faire passer un ruisseau là-haut, à cause des infiltrations. La mère Micoulin pleura beaucoup. Naïs accompagna son père au cimetière, les yeux secs et enflammés, sans trouver une larme.

Le lendemain de la catastrophe, madame Rostand avait absolument voulu rentrer à Aix. Frédéric fut très satisfait de ce départ, en voyant ses amours dérangées par ce drame horrible ; d'ailleurs, décidément, les paysannes ne valaient pas les filles. Il reprit son existence. Sa mère, touchée de son assiduité près d'elle à la Blancarde, lui accorda une liberté plus grande. Aussi passa-t-il un hiver charmant : il faisait venir des dames de Marseille, qu'il hébergeait dans une chambre louée par lui, au faubourg ; il découchait, rentrait seulement aux heures où sa présence était indispensable, dans le grand hôtel froid de la rue du Collège ; et il espérait bien que son existence coulerait toujours ainsi.

À Pâques, M. Rostand dut aller à la Blancarde. Frédéric inventa un prétexte pour ne pas l'accompagner. Quand l'avoué revint, il dit, au déjeuner :

– Naïs se marie.

– Bah ! s'écria Frédéric stupéfait.

– Et vous ne devineriez jamais avec qui, continua M. Rostand. Elle m'a donné de si bonnes raisons…

Naïs épousait Toine, le bossu. Comme cela, rien ne serait changé à la Blancarde. On garderait pour méger Toine, qui prenait soin de la propriété depuis la mort du père Micoulin.

Le jeune homme écoutait avec un sourire gêné. Puis, il trouva lui-même l'arrangement commode pour tout le monde.

– Naïs est bien vieillie, bien enlaidie, reprit M. Rostand. Je ne la reconnaissais pas. C'est étonnant comme ces filles, au bord de la mer, passent vite... Elle était très belle, cette Naïs.

– Oh ! un déjeuner de soleil, dit Frédéric, qui achevait tranquillement sa côtelette.